片山一行詩集

たとえば、海峡の向こう

たとえば、海峡の向こう――目次

装幀——川畑博昭

片山一行詩集

たとえば、海峡の向こう

渚にて、歌を——夏

前向きの歌には前向きの歌詞がある。
心の苦痛をやわらげるには
ふぶくように声を出してみるといい、
声は歌に昇華し一気に白くなる。
それを私は断定も推測もできず、ここにいる。
この波は時間と背中合わせに引いてゆき、
野放図な岩礁を削り取ってゆく。

海は詩だと、誰かが言った。
港、船、波、海峡、魚……それだけで詩だと言う。

私はわかったふりをして、
風光るあの岬まで歩いていく。

波の上にも靄のような陽炎があるとわかるまで
私は岬を目指している。
純白の時間が粛々と過ぎてゆき
陽炎の中で昔になって消える。
世界が終わるときにも同じことが繰り返され
地球の重さが少しだけ変わるのだろうか。

飴色の蝙蝠が休むとき、
歌が薔薇の棘の上に横たわり
重い夜が来た。

渚にて、歌を——秋

この渚で秋風が砂と攪拌され、
理由のない涙が落ちて
理由のある区切りがついた。
理由のあるまなざしがあり
理由のない死がいくつか増えた。

この街の涙の総量が増える——

風の響きが蟬の声に変わるとき
声はどこまで行っても純潔だ。

何もかも無くした気がするのに
手元にはありあまる花と少しの希望がある。
てのひらから芳醇な匂いが涌き出した――

ここを起点に私は浮いてゆく。
霧の中の秋思と時雨の中の憂鬱が
何かに導かれて歌をこぼす。
声を出してみる。
声はかたまりになって引き潮にまぎれてゆき、
それでもどこかから交響曲が聞こえてきて――、
砂時計をひっくり返すと
その先に霞の水平線がひろがってゆく。

歩いていく時間

家の窓に私が立っている
蜘蛛の巣がほどけて
私は律儀に年齢を重ね
このまま未来は静かになる
行き過ぎる時間の重さは揚雲雀よりは軽い
過ぎ去った出来事の意味は雪虫より淡い

*

歩いていこうか

どこまで？
「歩けなくなるまでだよ」と私は言った
「それならあの山までだね」とあなたは言った
たぶんその山の上には
白い空気が笑みを浮かべながら待っている
恐ろしいほど透明に
雨に濡れた夢に反逆しながら待っているのだ
あなたはそのことをよく知っている

私は心のどこかで革命を信じ
足を前に進める
果ての先にはまだ海が続き
にんげんは桜色になって再びそこをめざす
不条理の比重はいつもあやふやだ

愛されない人が
愛される人のところにたどりつく
戸惑いが共鳴し
私は明日の朝までは嘘をつく方法を覚えている
そして忘れる

虚無と純粋は揺れながら天秤にかかっている
私はその時刻を吸い込んで土用波の音を聞いていた

＊

いきなりの霜柱の朝を
やはり私は歩いている

ざりざりという足音を残して歩いている
だからどうというわけではないが
私は夢園を離れ
確証のない歓びを得て黄泉の国に沈む

それにしても
にんげんは
ときおりとてもずる賢い
私は目を閉じてそれを自覚する
いのちが真っ二つになって私も二つになった

行間の広がるところ霰ふる

再び、難破船

わたしは無表情なものをめざして歩いている。
時間はまだたっぷりある。

朽ちて錆びてしまっても
船の中には砂がたまり
あかまんまの花が咲き
そこを中心にして風の音が熱くなる。
そのときの
空気を溶かす音に
近くまで歩いていったわたしのつまさきは

曖昧に立ち止まる。
そのまま存在の根拠を炎帝に手渡し
足首の角度を変えるだけで追いかける。
耳をふさいでも
口をつぐんでも
吐き出される語彙は語彙として
空へと散っていく。
そのあと
わたしのつまさきは
難破船を迂回して
私を見失わないように
海の中に沈んでいった。

今日の青空と無関係を装い

蟻の列が遅く流れていった。

決別のときには

それが大きな意味など持たないことを知りながら
私は誰かと
言葉について語ろうとしている。

さようならという音は
なんという無機質で残虐な響きだろうか、
なんという前向きな意味を持つのだろうか。
私は
船に
乗る。

風を乗せた船に乗る、
光をたたえた船に乗る。
船首には古い思い出が翻っている。
船尾には青い未来がついてくる。

閑けさの隙間に
うすみどりの音が忍び込む。
降ってくるのは
私を崩しながら分かれてゆく光なのだろうか。

崩れてゆく私は何になるのか、
誰か知っていたら教えてほしい。
誰でもいいから
この私の震える声帯の

しくみを教えてほしい。
私は約束事のように

言葉と沈黙と

と書いて二重線で消す。
それを繰り返しながら
滅びの儀式を整える。

夏安居の若い僧は潔いほどの無表情で去っていった、
その後ろ姿を見つめながら私は南風に乗る。
やがて
私の眠りを原点にして
戦慄的な冬が立ち上がった。

私のこれまでの歳月を貪りながら
冬鳥たちがねじれて羽ばたいていく。
私は少なくとも今朝までは穏やかだった。
だから今日、
もう一度だけ寒晴に向かって別れを言う――
　　たはむれに生きることとは無意味だと
　　　呟いてみて赤き舌出す

海峡の向こうに

細い湾の底から
大きな海を見ていた
凪の中に海があり
電波時計のような刻が生まれる
時計の音の中から——
そこから光は生まれているのだと
目をつぶって考える
何の光かはわからなくても
太陽が滅びてしまうまでは
少なくとも私の視線だけは明るくしてくれる

ため息と安堵と喜びと悲しみと……
すべては光のなかの道にある
瞼は閉じたままでもいい
行方不明の怒りだけは
戻ってこないで欲しい

まなぶたの奥の慟哭さえかへる

＊

目の前の海峡は少女の腕のように細い
向こう側に涙色の雨が降り
潮の流れが一切を区切る

何ものでもない地図が平らになるとき
誰とも無関係に咲く向日葵が
私とはわずかな関係をつくってしおれる
私は
明るいほうへ歩いてゆく
何も捨てないですべてを引きずって歩く
頭上の空色と踵の土色の間を
勤勉な燕たちが何度も宙返りをしていた

恨みや憎しみからは
同じように恨みや憎しみしか生まれてこないから
だから私は海峡を渡ろうとする
「いいじゃないか、少しは前向きなんだから」
口ごもりながら

私だけの一歩を踏み出す

葉先にはにんげん色が立葵

＊

暗いところにある腕時計をさわっても
時間は決まり事のように進んでいく
私の視線は昔の私を見ている
私が何かわけのわからないものと闘っていたときだ
それはひとつの部屋のようなもので
私は部屋の中を出ることなく
無心で時間を費やしていた

感情は銀色に燃えあがり
てのひらの中にあった
光はしだいに鈍色になり
心を突き刺していく
きりきりと自然に突き刺していくとき
心が光を見失った

微熱がせり上がり
沈黙したまま言葉に変化できなかった単語が
この海に沈んでいる
いつかはこの先の海峡を渡っていくのだと
私は少しの間だけ瞼を閉じた

火恋しだれもが違ふ嘘をつく

*

私はいま
とりたてて重い感情を持つことなく
海を見ている
船の油で汚れていても
紛れもなく鋭く光ることもある
そんなふうに見ることで
いまの海が美しくなる
そう思えるまでに何年過ぎただろう
誰かがそれを郷愁と言ってもかまわない

私の瞳に降りそそぐ光は多い

たとえば水平線近くの流れ星
たとえば鯔が跳ねるときのしぶき
たとえば曼珠沙華の水滴
たとえばキタキツネの真っ直ぐなまなざし
たとえば灰色の春の闇
私の永遠な過去も未来も
雪のように凪いでいる

はなびらをはなびらとして春の雪

波のフーガ

海の向こうから
海が盛り上がり
波頭が近づいてくる
私は歌う
遠くの声を取り込むように
私は歌う
近くの嘆きをあやすように

海の上を鈍色の歌が流れていく
海の上を透明な風が流れていく

私はてのひらに一粒の精神安定剤を握りしめ
怒りを飲み込むようにそれを胃に流し込む
歌が流れる
風が流れる
何のために歌うのだろう
わからないからまた歌う
歌はおそろしいほど自然に風に乗った

私は歌う
小さくなった気持ちを広げるために
私は歌う
腐敗しそうな意識をあるべき姿に戻すために
波が来る
いのちをあやすようにやってくる

波が来る
ころころと運命を転がすようにやってくる
波が来る
海峡の水を濃緑にしながらやってくる

悩みとはうつくしい精神の動きだ
悩みとは自律的な脳の声だ
悩みとは覆えされる夜だ

そのとき私は私以外の群衆に取り囲まれ
泣きながら歌っていた
夏が来る
赤銅色になった磯と
薄紫色になった波と一緒に

夏が来る

褐色の歌が流れる
鴉色の風が流れる

私は明日
当然という石を持って海の向こう側に立っている

夏の風と風の色と

夏鳥が北へ去っていくとき
湿った風が光に取り込まれる、
爽やかなオールの動きは律儀に規則的だ。
私の希望は拒まれてもあそこに漂っている、
もうすぐ圧倒的に強い夏が来る。
――そう、夏がある、
輝く風をはらんだ美しい夏がある、
流れる風をもてあそぶ驕慢な夏がある。
私はそこで目を閉じて明日を思う、
明日がなにもわからなくても明日を思う。

そんなときは決まって
岬への道がまっすぐになり
森はゆっくりと鳥の声を包みこむ。

鳥が鳴きやみ後ろの闇が広がった。
ああ、このまま自由でいられるなら
私は夏にこの身を捧げてもいい、
私は海に沈んだままで笑って過ごしてもいい。
光だ！
光が私を包み昔の嘘を消してゆく。
私は私の国をつくるように拳を上げる。

　　おそらくはこの梅雨空が落ちてから
　　　金魚のごとくあなたは眠る

流れる——2020

「私の体は言葉でできている」と詩人が言う
それに対して何かを言おうとするときには
そうだ金色の紅茶の湯気が捻れるように
いくつも言葉が吐き出されていくのだ
それは意味があるものなのだろうか
私の知らない意味のある音なのか
きりきりと硬直した言葉なのか
確証のない軟弱な言葉なのか
言葉か活字か画像かなどと
私は明確な回答が出せず

しゃがみ込むしぐさで
それらのことたちを
意味もなく眺める
じっと眺めると
頭の中に雨が
降りつづく
降り降り
しずか
雨は
水
雨は
淡雪に
姿を変え
私が指先で

時刻を刻んで
刻まれた時刻は
海鳴りの向こうへ
途切れることなく進む
時間も時刻も刻むときは
刻んで刻んで刻んでその先に
元の形をぼんやり残したままで
私の時刻は白い光に変わってゆく
そのときの私はたぶんだけど愚鈍か
それとも歪んだ心を石で割っているか
いずれにせよ言葉に抱きしめられていて
言葉は悪魔の舌のように笑っているはずだ
笑い声は赫く透きとおって私の夢を演出する

転調！

その情景は昔と同じだろうか
あるいは微妙に理屈っぽくなっているだろうか

いま私はここにいる
これは間違いない事実なのだ
それは喜びか
悩みか
苦しみか
愛か
凩か
春風か
朧か

それとも他の根拠なのか
考える
ふたたび考える
それは決して心地よい行為ではないことを
私のこころが知っている
いる　いる　いる
その先を見通す視線はまっすぐかそれとも
歪んでいるか
私は何のためにこんなことをしているのか
わからなくなるのに
続ける
また続ける
飽きるまで続ける

言葉をざぶざぶと洗い
言葉を真っ白にして
言葉にこだわらずぼんやり生きていたほうが
ずっと楽しいかもしれないのに
すべての単語は川になり
祭りのような思いを言葉に変えてゆく
ゆく
ゆく
ゆく
ゆく　ゆらぎ
果てのない繰り返し

転調！

行く先は――
誰かがそれを知っているだろう
恐らく握りしめるように強く
そのとき揚羽蝶が生まれて
秋空へ吸い込まれてゆく
たぶん行くはずなのに
いつの間にか夢崩れ
私へと語りかける
誰かの影が消え
その声の饒舌
その声の死
その声の
悲哀と
月と

闇
私は
進んで
光る闇に
向かうのだ
闇はただ震え
あじさいに沈む
すべて錆びた後も
昏い花芯が生き残り
じわりと私が寄り添う
枯れたはなびら踏み砕き
饐えた匂いだけが生き残る
当たり前のように残り続ける
行く先は――

再び転調！

蝉の脱殻に憑依した匂いは
数日のいのちのあとに消え去っていく
誰もいなくなっても
まだ私の涙が流れるためだけに
地上はあるだろう
どんなに長い経文にも終わりがあり
どんなに短い経文にも大きな意味がある
読経が空に広がるとき
鳶は太陽を目指し上昇を続ける
そして
塩水のような人が去って行き

私との距離が静かに広がった

静かに、声

夜の中にあそこだけ明るい。
私は静かにそこまで歩いてゆく。
花菜雨が音もなく道の色を変え、
製造番号２００１
それが
私のもうひとつの名前だ。
声が静かに届くのを
私はゆるみ始めた記憶の奥にとどめる。
いくつかの喪失を遠くに置き、
立ち止まって黙っている私の耳に

灰色の声が届くとき、
私は歌い始める。
歓喜の歌でも絶望の歌でもなく
誰もが口にしたこともある平凡な歌だ。
けれどもその歌には名前がない。
むりやりに名付ける行為の無意味さを
あなたは踊りながら自覚する。

私の声は
岩が重なった場所をすり抜ける。
私の歌は
何時間歌っても音符の痕跡を残す。
静かに重さを持たずに――
名前を持たない誰かに絡みついた。

川の向こうにあるもの

みじかい男がもやもやと歩いている。
川は大きく蛇行し
道もそれに沿ってぐにゃりと続く。
ひとつの埴輪が
道の下で眠りこけている。
うつくしい水が
うつくしい流れを誕生させるカーブは、
光をともなって動く。
熊蟬の声がそこにかぶさる、
「ホテルカリフォルニア」の長いエンディングが

頭の中に心地よくひろがるとき
無題の詩が
ひとりの男をここに導くのだろう。
傍らを辷る川は必ず海峡を過ぎた凪に着くことを
私は生まれる前から知っていた気がする。

川の尽きるところに海がある。
いくつもの川が
磧の乾きを潤しながら訥々と流れ込む。
どんな小さな湾にもそれぞれ違う沖があることを
私は納得しながら自覚する。
それは恐らく鮮やかな自覚だ——そして
私が自分のいのちを自覚する瞬間だ。
私はどんどん大きくなり

一枚の絵葉書を書く。
誰へ向けて？
それは後ろの私が知っている、
ためらいを知らない薄墨色の私が知っている。

今日が未来を生み出す
その当たり前の繰り返し、
私はそれにどこまで慣れきったのだろうか。
空を飛ぶ
空が空を飛ぶ
私はほとんど無感覚でそれを眺めている。
そして同じように
違った水が湾に流れ込む。
川を船にして――、

明日からはカフカのやうな小説の
中にゐたいと瞼閉ぢをり

無計画な日記

このまま進めばどこに行くのだろうか。明らかな計画とそうではない無計画。二つが重なれば私は空に飛び散ってゆく。神よ、私を試すのはやめてほしい。私は風を摑むための手段が欲しいのだ。錐のように心に穴を開ける手段が欲しいのだ。そうすれば私は何に惑わされることなく、風の中で眠ることができるに違いない。

人間から逸脱したもう一人の人間が、思いを込めるように歩く。記したことは何もない。けれどもそれは、目には見えないが私を構築するものとして、あったはずなのだ。その証拠に美しい書体の文字は、たとえば私の体と同じ硬さを持っている。涼やかな文字は甘美な本をつくり、私は冬鷗のように飛んでゆく。その向こうにはおそらく楽しい時間が座り込んでいるだろう。

着せ替え人形は下着さえも自分で選べないから、空に向かって万歳をする。指先は悲しいほど華奢だが、悲しいほど固い。人形の指はいつも空を指している。そこに本当の命が漂う。そして私の中には時として寂寞とした風が迷い込む。私はたしかに生きているのだ。けれども、私はどこまでも一人で歩く。一人で泳ぐ。その単純な行為は私の人生を少しだけ明るくしてくれる。人生？　なんと陳腐な言葉だろう。なんと平明な言葉なのだろう。

眠れぬ夜は夢にして獏に食わせてしまおう。けれどもその夢はどれもなまぬるく、まるで賞味期限切れのコーラのようだ。であるなら静かに眠ろう。それが私に課したささやかな制約でもある。そうすれば「明るい未来」や「充実した過去」も命を吹き返す。しかしそもそも過去や未来にどれほどの価値があるのだろう。「あった」と「あるだろう」にどれだけの距離があるのだろう。「今がいちばん大事です」と誰かが訳あり顔で言った。

誰かが私を導く。どこへ？　私もわからない。天使のように愛される道が続く。そこを辿って行く場所は、暖かい雨が降っている。やがてつめたい驟雨になって再び大空に還る。それは輪廻などではなく自然な繰り返しだ。ねっとりとした孤独を抱きしめて。誰かが私をつつむ。

そして私は別の誰かに変わっていく。そのときの痛みは昆虫の脱皮にも似ていると、別の誰かがつぶやいた。そのようにして静かに生きていくことの難しさを私はてのひらで転がしている。それは途方もない意味がある行為だが、実のところはどうだろう。「意味」という、それこそ意味ありげな言葉は風にさらわれて飛び去っていく。行き先は雲の向こうだ。太陽が正座して風が整う。太陽が陽炎の向こうにある。来たるべき時間が動いて、星が時間の中にほころんでいく。

陽炎がほろほろと揺れ
風が雲を追い越していった。
夢は夢らしく不定型なままで——

透明な透明な、水

今朝、小さな泉が湧いた
私の視線が透明になる
そのまま淡く透き通って
やがて水になる

遠ざかる空と近づく風の間隔には
浮力を持った時間がある
その途中に新しいことを
しかし簡単なことをしようと思うときは
森は静謐に凪いでいる

森の中には静かな海豚が棲んでいる
　　ケント紙に白き絵の具を桃の花

＊

むせかえるような香の匂いが体の芯に食い込み
そうして私が透明になる
背骨に添って薔薇のような言葉が流れ
先にあるのは余白ばかりの時間だ
私の欲しい余白はどこにある？

人々は当たり前のように街に沈んでいった
彼らのまなざしは

昨日のことを忘れてしまう私の脳を
冷徹に見ているだろう
不条理な思考を弄ぶように
歴史はいつも理不尽だ
それでも私のからだは
ゆっくりと時間をかけて
青くなっていく

炎より火花の生まれ鶏頭花

*

私は足早に道の向こう側をめざす
しかし私は透明でありたい

存在は希薄でも
何かを生み出す存在でありたい

色鳥が私の夢にまぎれ込んだ——

夢は実現しなくてもかまわない
ただ……
赤潮に濁った湾のようではありたくない
私はおそらく
空に飛び散っていくのだ
散らばった思いはどこへ行くのでもなく
じっと私を見ているだろう

私はきっとわずかだけ色づき始めているだろう

そう書いて身震いをする

水の澄み沈黙の嘘発見器

＊

私は新しいことを試みようとしている
透き通ったままの身体で
透き通った風景を摑もうとしている
それでも摑みきれないものは確かにある
けれども晴れた冬の一日には
私の首筋の産毛が
産毛であるようにそよいでいる
閉ざされた心の中には小さな塊が浮かんでいる

自分でも理解できない丸い涙が
一粒だけ落ちた

私の身体の中で
ゆっくりと卵が育っていく
私は卵を転がしながら本当の私をまさぐっている
この上なく愚かかもしれない私を探している
冬の夕陽は恐ろしく赤い
冬の日暮れは鳴かない鴉と同じだけ黒い

透き通る夜の砕けて虎落笛

突然の季節

静かな磯にヤドカリが棲んでいる。
先ほどまでの住み家は
すこし向こうに脱ぎ捨てられ、
波の中で泳いでいる。
その向こうから蜃気楼のように山が浮かんできた。
白い山だ――

私の漠然とした想いは白い山を越えるだろうかと
考えながら、
私は水際を濡れないように歩く。

いつの間にか私は砂浜に街をつくっていて
街にはところどころ貝殻が埋め込まれている。

季節はいつも突然に終わる——

空の色とは無関係に咲く向日葵が
華やぎながら
しおれる。
岩場に小さな貝が忙しそうに動いている、
貝の涙は光のように遠い、
波頭の色は貝殻のようにさまざまだ。
波頭の崩れるときの音は狂気のように激しい。

鳥の沈黙

この世界には鳴かない鳥も多い、
彼らの生き方は永遠を捉えて健やかだ。

ほととぎすが鳴いている、
血を吐きながら鳴いている。
鳴いて鳴き疲れた三叉路には
三つの選択肢がある。
交差点の中に水があり
私はそこに手を入れて言葉のひとひらを探る。
けれども未来は過ぎ去っていき、

あとには風だけが残る。

涙の重力に近い沈黙が道の上をゆらゆら動いている。
私は立ち止まり
歪んだ街の歪んだ輪郭を見ている。
選択肢には時間の血が沈んでいる。
その上を私は無関係に飛び越えて夜が訪れる。
そこに鳥は軋みながら眠っている。
そして——私の夜のねじれた夢は
螺旋のまま闇に吸い込まれていく。

眠るように死ぬことができたなら
すべての鳥は私の回りに集まるだろう。

赤い月

血のように赤い月が
地平線のすぐ上にある。
太陽から炎が生え
消去されたものと生まれたものが
当たり前のように同居している。
そのことを誰もが気づかないでいる。

私は足を引きずりながら歩いている。
あの街まで行けるだろうか、
あの島まで届くだろうか、

大丈夫
行けるに違いない。
人間の力は思いがけなく強く
沈黙以上に小さいけれども、
必ず行ける――はずだ。
「やり直し」のきかない歴史をつくりながら行くはずだ。

陽は高くのぼり
月は透きとおって光っている。
誰かが私に寄り添い、
誰かに指示されたわけでもなく
命令されたわけでもなく
私自身の静かな鍵穴が溢れる。
すべては必要ないのだと彼が思っている。

しかしたどり着くには言葉が必要だと私が思っている。
それはほんの小さなすれ違いだが、
いずれにしても
かがやく月を見ることはできるだろう……
巡礼者が自らの意思のおもむくままに歩いてきた。

海峡の鞭打つ流れ秋果てる

旅に出るとき

旅に出るときに私は少し緊張する
私は行く先を
凩に流されながらあなたに告げる
あなたは細い明朝体のような首を斜めにしてうなずく
そしてそれから必ず目を閉じる
そのとき私の鞄が重くなる
花で飾られた言葉を詰め込んで
少し重くなる
あなたはそのことを知っているのだろうか
臆病なのか強気なのか

あなたは決まって小さく笑う

道の真ん中に細い道がある　それは
常に明日へと破壊と再生を繰り返している
私の視線は乾いたり濡れたりしながら
花火のように活字を抱え
どこか知らない街にも似て
陰湿に私のてのひらと馴染む

鞄の中には装幀の壊れた一冊の本が眠っている

一本の木立の先端に
夜明けが現れる
一本の木立の根元に

夜が沈んでいる
それを見ている寒鴉
それを私が見ている
私の無意識が命を得るときには
おそらく白い風が吹いてくるだろう
旅鞄はその風を吸い込んで大きく膨らむ

凍蝶の棲む石かぎりなく硬し

*

まだ夜が沈んでいる

心が渡れる谷間に

誰かが「希望」という標識を立てた
湯気のような匂いの若葉が
私を抱きしめる

旅鞄は森の湿気を吸い込み
私は爪先から濡れていく
空腹になると峠の茶屋に行き
あまりうまくない蕎麦を食う
そのときは流れない時間があるのだと
私の無意識が考えている
無意識は意識の下ではなく
ずっと上にあるのだと誰かが戯れ言を言って
時間の流れを跨ぐ南風が吹き
私の少しの平穏を掻き乱していき

旅鞄は背中にある

　源流の森のどこまで濡れ余寒

＊

この世の中には
よくわからない真実と
ものすごくわかりやすい嘘が同居して
本物の真実を覆い隠している
水平線は
敗北と歓喜がぶつかるところだ
そんな言葉を真顔で口に出す
それでも私はどこかに出かける

おそらく
おそらくだけど
そこには把握できない希望があると
ある人が静かに言ったからだ

土砂降りの蟬時雨は
アスファルトを焼き尽くし
足の裏に道を結びつける
そのときだけ私の汗は乾き
古い街に新しい空気が流れ込む
まるで
私に話しかけられた言葉の断片を
誰かが素早く掠め取って行くように
時は動く

そして私は軋みながら歩いてゆく
　水の中より色の生まれて秋日

＊

澄み切った空には
澄み切った声が眠そうに流れている
面白い形の雲が
出来ては消えた
わずかばかりの自尊心を鞄の底に仕舞い込んでいるから
私はきっと身軽に歩けるのだろう

そこには動きを止めた時間と
身構えている風がある

コスモスが群がって倒れている
白く塗りつぶされようとしている青空には
私だけの時間も
あなただけの時間もある
時間のそばには
やがて来る夜が待っている
血が固まらずに海まで流れていった

涙までかたまつてゐる鵙の贄

くるぶしの風

小鳥が私の頭上で鳴く、
あなたの頭上でも鳴く。
秋の日のように体を広げ小鳥たちが集まってくる。
私のくるぶしの突起を風が通るとき
あなたは一羽の渡り鳥になる。
私はそれを見ているだけだ。
私には翼がない、
どうやら足もなくなってしまったから
歩くこともできなくなった。
風が――

光る風が私を追い越してあなたのところへ届いた。
海が――
青い海が私の握った拳の中に濡れている。
空が――
澄み切った空が足首をつくってくれた。

そして私は同じ質問をする。
あなたはどこまで行くのだろう――と。
あなたは何と答えるだろうか。
いつものように無言でいるか
小さな声で行き先を告げるだろうか。
そのどちらでも
私は受け止める。

協奏曲の終わりに

明け方にチャイコフスキーピアノ協奏曲が
時雨の向こうから流れてくる
歩き始めようと運動靴を履き
けものみちをすこしずつ辿ってゆく

過ぎた時間とともに失った日々と
過ぎた時間とともに輝いた日々と
私は二つとも抱えている
二つとも手の中に残り
決して弱くない微熱を私に与えている

源泉が川になり
しっかりした流れになるところに
おそらく私の静寂もある

てのひらに夕虹を置き春の立つ

*

森の雨があがり大きな虹が生まれた
私はそこまで行こうとする
私は私らしくあろうとするし
私らしく、というひどく曖昧な言葉を
私は今日も使いつづける

私の頭の中を不可解な焦燥がよぎり
過ぎ去ったときはやはり虹の空だった
協奏曲が麓からのぼってくる

鳥は飛び方を忘れない
では私はそこらじゅうに散らばる決まり事を
的確に腑分けできるのだろうか
もろもろの刃に囲まれた未来に向かって
しずかに
しかも明朗に
そして確実に
足を踏み出すことができるのだろうか

それがわかれば苦労はないと

あの人の声が聞こえる気がする
　あいまいな夢の中まで夏至の雨

＊

森の中には曲がりくねった樵の老木が
わがままに伸びている
枝の間から光が差し込み
郭公は水のようにうたう
ささやかな声が
新しい私を祝福するようにピアノ協奏曲第一番
圧倒的なうねりを引き連れて
グランドピアノが森にある

そしてそこには私の大きな海もある
私はその海が凪ではないことを
ずいぶん昔から知っている
この身を隠す片蔭は
悲しくなるほど狭い

海底に紅葉一枚貼り付きぬ

*

雪
そう書いて私は何時間も立ち止まる
雪と名付けられたものは
海の上を舞っている

見たこともない波が押し寄せてきて
そこから霧が立ち上がる
不安と絶望は白い希望に変わることもある
赤い歓びに変わることもある
たぶんそれが日常なのだろう

雪をんな同じゐくぼとくちびると

まだ続いてゆく

みずから選んだ思いは
私の弱さと思い込みを
しばしば輝かせる。
凶暴なこころを封印し、
氷の時間に耳をそばだてる。

氷雨が降りつづく海峡は
つめたく冬ざれてゆき
私の思い出を封印する。
明日

明後日
ずっと続いてゆく私の歩みは、
最終的にはどこに辿り着くのだろう。
ピン留めされて北颪に揺れている私の記憶は
微熱を持っている。
熱は下がりそうで下がらず
上がる気配もないから
私は同じ行為を繰り返す、
「いつまで」？

白い雲が白く塗りつぶされるまで！

この身とは無関係なる鳥が飛び
甘美な最期をわたしは選ぶ

「海」の詩集の、その先——あとがき

第二詩集『あるいは、透明な海へ』を書いて六年がたった。

詩集は、それで終わりにするつもりが、第三詩集までつくってしまった。それぞれタイトルには〝思い〟がある。

海だ。

第一詩集『おそらく、海からの風』で昔の詩をまとめ、「まとめる」という作業を終えて、第二詩集ではささやかな物語が始まったのかもしれない。この詩集はその続編でもあるだろう。


十年ほど俳句をつくってきて『あるいは、透明な海へ』を書いた

とき、俳句も季語も意識的に使った。詩は生硬な概念語ばかりだった。そのとき、「自分は、俳句などの定型詩ではなく自由律詩の人間かもしれない」と、ぼんやり感じた。しかし、自由な詩と定型詩は両立できるとも思った。

定型詩には定型詩の魅力がある。だからこの詩集には、少しだが短歌も嵌め込んだ。以下は、嵌め込まなかった短歌。

おのづから毛細血管ながれゐて部屋の窓枠ほろほろ光る

みづからを諦めることなく両拳つくりて吾は未踏の刻へ

海岸に割れた貝殻あつまりて掟のやうに原爆忌くる

これらの短歌が、私にとってどんな意味を持つのか、まだわからない。しかしつくっていて楽しい。それでいいじゃないかとも思う。

俳句も短歌も詩も、年齢とともに変わっていく。だがそれを、まるごと受け入れられない私が、どこかにいる。「あの頃」のままの何かを内包した詩を書きたい。海にこだわるのも、そのためかもしれない。詩を書くとき、それは危険だとわかっていても……。

＊

私は死ぬまで、「詩を書く人」でいたい。不定型詩か、短歌か、俳句か――この際それはどうでもいいことのように思える。

私にとって詩を書くことは、十代では「勢い」の代名詞だっただろう。今では私という人間にとってなくてはならない行為かもしれない。だから私は、休み休みでも詩を書く。俳句を詠む。

風花が鋭く光って舞う。その先に青い空がある。そしてそのずっと先には、未踏の宇宙がある。すべては未踏。すべては新しい。

夢。

明け方の月。

静かに眠る雀たち。

それらをあやしながら私は歩いて行く。月が欠けるように小さくなっても、形を変えた月にそれぞれ名前があるように、私の未来にも、多くの名前があるに違いない。


最後に、第一詩集、第二詩集に続き素晴らしい装幀をしていただいた川畑博昭さん、いつものように文句のつけようがない印刷で一冊に仕上げて下さったベクトル印刷の皆さん、快く出版販売を引き受けて下さった創風社出版の皆さんに深く感謝します。

二〇二〇年二月　　六十七歳になった日に　　著者

片山一行（かたやまいっこう）

1953年2月愛媛県宇和島市生まれ。
現、愛媛県伊予郡松前町在住。
日本詩人クラブ、日本現代詩人会会員。現代俳句協会会員。
俳誌『銀漢』同人、『麦の会』同人。
職業／出版企画編集者。
著書／第一詩集『おそらく、海からの風』（早稲田出版）
第二詩集『あるいは、透明な海へ』（創風社出版）
『職業としての「編集者」』（エイチアンドアイ）

たとえば、海峡の向こう

二〇二〇年三月二十二日　第一刷発行

著　者　片山一行
編集制作　ケイ・ワークス（片山一行）
愛媛県伊予郡松前町永田三七五－六　〒七九一－三一五二
電話＆ＦＡＸ（〇八九）九八九－六一一五

発行者　大早友章
発行所　創風社出版
愛媛県松山市みどりヶ丘九－八　〒七九一－八〇六八
電話（〇八九）九五三－三一五三
ＦＡＸ（〇八九）九五三－三一〇三
振替〇一六三〇－七－一四六六〇
http://www.soufusha.jp/
印刷　ベクトル印刷
装幀　川畑博昭

ISBN978-4-86037-290-3 C0092
定価はカバーに印刷してあります